청어詩人選 373

오! 아가씨,
열차를 타요

이휘 시집

청어

시인의 말

한국 문학사는 상처투성이의 문학사이다. 그 속에 한국 문학사가 지닌 특수한 이중적 성격이 놓여있다.

한국 현대사는 작가들에게 글쓰기에 대한 욕망을 부추겨온 주요한 현실적 동력을 제공해 준 반면에, 그 욕망을 문학 그 자체의 예술적 완결성을 향한 욕망으로 심화시킬 만한 숙성의 시간을 제공해주지는 못했던 것이다. 근대 한국 문학의 양적 팽창에 현저히 못 미치는 질적 성과는 그러한 특수한 상황의 결과라고 할 수 있을 것이다.

은행잎이 한둘씩 우수수 떨어진다.

내 양심의 한이 고스란히 묻어 떨어진다.

인간이기를 버리고 사는 사람들이 있듯 내 양심의 저편에 어떤 시를 써야 옳은지 어느 때는 내 스스로 자괴감이 든다. 수많은 밤을 방황하였다.

네 번째 시집『오! 아가씨, 열차를 타요』를 출간함에 있어 괜스레 마음이 뒤숭숭해진다. 첫 번째 시집『틀』을 펴낼 때는 우리 문단의 한 획을 그으신 시인 윤금초 님의 사사를 받았지만, 이번 시집 출간은 오롯이 하나의 욕망으로 승부를 보려는 내 작은 소망이 있다.

　벌써 수십여 년의 세월을 '시'라는 작품에 매달려 오고 있다가 지인들의 권유로『오! 아가씨, 열차를 타요』를 내게 될 결심을 하였다.

　부족한 글이오나 이 시를 읽어주시는 님들께 무한한 사랑을 느낀다.

　　　　　　　　　　　　　　　　　　　　　　　　　이휘

차례

2부　나를 위하여

3부   나를 잃어버린 사람들

4부   꽃비를 맞으며

1부

마지막 인사

마지막 인사

빗나간 내 삶의 방정식 때문에
한기 속에 몸을 숨기고 살았습니다
나의 셀 수 없는 결점 때문이죠
한 겨울의 된바람으로 쓰라린 고통과 함께
나눌 수 없는 삶의 포장 때문이죠

나는 그들의 헛된 날갯짓 같은
편견 때문에 그립고 아름다운 향기의
꽃을 바라보지 못 하였습니다
잘 들리지도 느끼지도 않습니다
부단히도 아려오도록 울었습니다

나는 언젠가 마지막 인사를 하려 합니다
죽음은 끝이 아니라고
삶의 마지막 모습뿐이라고

세상은 나의 것은 아무것도 없습니다
나는 어떤 흔적조차 남기지 않으렵니다
나는 나를 보고 문득 삶을 되새겨 봅니다
죽음은 영원이라고
그렇게 나를 붙잡습니다

삶이란 곧 기다림의 연속이라고
또다시 나를 대접하여 봅니다
저어새가 무리 지어 있는
저- 푸르른 들판에 나 홀로 서서
삶과 죽음의 언저리를 보았습니다
아름다움의 멋진 기다림을 생각하여 봅니다

나는 불새의 객이 됨이 슬픕니다
모든 잃어버린 것의 빈자리에
항상 나는 있습니다
무엇인가를 잃어버리고 간절하게
나를 다짐하여 봅니다
얼어버린 가랑잎처럼
나 또한 움직일 수가 없습니다
쭈뼛거리며 오늘도 나는
마지막 인사를 하려 합니다

그래도 나는 그 자리에

사람들은 내가 널 사랑하지 않아서
별별 기다림에 세월을 보낸다

우리 아무 일도 없었던 것이기에
몇 배의 슬픔 고통 기쁨
그 많은 숫자만큼 가슴에 채운다

내겐 분에 넘치는 사랑 얻을지라도
그 자리에 내가 있음이
더 쉬운 자리인 것이다

저 그대의 시야 속으로
내 자신을 괴롭히지 않음을
감사하리다

그래도 나는 그 자리에 여전히
고통이 없었다는 현실 속에서
나는 언제나 그 자리에
여전히 쓰러져 있을 것이다

밀랍 인형

추운 겨울은 왔는데
나는 알 수도 없는 이유로 왔는데

눈물을 보고 알았어요
우리는,
그대는 밀랍 연인이란 걸요

그대 눈물 보고 있노라면
밀랍 연인 맞아요
밀랍 인형 맞아요

몹시 분노한
너의 모습이 떠오르는 걸요

너무 슬퍼요
아!
흐릿한 하늘의 안개비라도
몇 번 보았으면 좋았으련만

오!
너마저 내 곁에만 있어 준다면
어젯밤 꿈속에서 본 모습은
머릿결만 조금 보였어요

오늘 하루

어두운 과거에 너무 집착하지 않아요
그것은 오로지 긴-긴 터널과 같습니다
세상에 우리가 존재함은
오직 우리가 조금씩 소멸해갑니다
인정과 이미 사라진 삶의 한 부분인 것입니다

우리에겐 언제나 슬픈 나날은 있습니다
존재합니다
우리들의 실체와 공존과 필연
부정할 수 없는 공허함들

하루해가 저물어갑니다
우리의 영혼도 시든 꽃처럼 저물어갑니다
나를 서서히 잃어가는 미약함 거역하지 말아요
하루만을 위하여 너무 슬퍼하지 말아요

인생을 살아있음에 지나간 날들에 집착 말고
분노와 노여움을 버려야 합니다
우리는 하루를 더 위하여 썩은 낙엽을 밟고
애증만을 위한 흔적을 남기려는 것입니다

진실해야 할 이유

우리 진실해야 할 이유가 하나 있습니다
새벽녘 닭 울음소리 아름다운 날
삶과 죽음을 넘나드는 햇병아리의
모이 쪼아대는 기쁨

죽음은 끝이 아니라 종교를 가진 자의
두 손 모으는 마음
삶의 마지막 모습일 뿐
병든 자의 고귀한 걸음놀이
한 폭의 그림 같은 아이의 젖병과
그 엄마의 미소

우리
참으로 진실해야 할 이유가 있습니다
가슴에 맺힌 진실하여야 할
이유가 꼬옥 있습니다
사랑하는 님과 갓난아이의 교감하는 눈망울
엄마가 애기 젖먹이며 바라보는 마음
우리들이 진실하여야 할 이유인 것입니다

이별 후

봄을 기다리던 들꽃은 사랑을 하였다
앙상한 몸매로 늦가을의 석양을 맞이하였다
따뜻한 볕을 외면한 채로
푸르스름한 풀잎들의 사랑을 받았다
이름 없이 들꽃이 되어 버렸다

쪼그마한 꽃 누우런 꽃 향기로운 들꽃들
자연의 굴레가 빚어 놓은 개방의 모순
우리들은 그 꽃을 외면해왔다

이별 후
사람들은 잃어버린 빈자리
사랑의 향기를 그리워한다
들녘에 들꽃을 찾았고
그 꽃에 이별꽃이라 이름하였다

가을 들녘에 눈이 부신
새빨간 튤립 심어놓고 노을이 지면
그 꽃은 을씨년스런 병든 소나무를 닮았고
겨울이 오면 그 참소나무는 울음 섞인
시베리아 인형이 되어버렸다

침묵

벌거벗은 꽃봉오리의 자유
한 송이 꽃을 피우기 위한 굴레의 시작

우리 모두는
그 꽃을 보기 위한 기다림을 합니다
오달진 침묵으로 꽃은 시들어갑니다
바삭한 꽃잎에 미움을 포개어
이별 연습을 합니다

시든 꽃송이마다에 모든 자유를 거둡니다
선언된 조화의 개방 꽃
복잡하게 시들어간 낙엽의 영령
순수한 계절의 요정들
온실의 꽃봉오리와 맺음과 또 다른 꽃 지움
내 영혼도 죽음과 같은 아슬아슬함
논개비 같은 이슬의 몸부림
개방되어간 세상과의 단절을 위한
침묵의 기다림

우리들은
화장을 한 꽃 그리움을 씌우기 위하여
구슬픔을 가진 타인으로 살아갑니다
작은 자유를 위한 침묵을 묶어 맵니다

민들레 노래

매봉산에 민들레 노래 나부낍니다
품 넓은 수면에나 피었으면 합니다
작은 소쩍새의 밤이나 되었으면 합니다
천 가닥의 뿌리는 만 가닥 잎새 피고
꽃꽂이에 피어 가슴 저밉니다

벌거벗은 민둥산에 드문드문
꽃이 피었습니다
까칠스런 들녘에 곱슬머리 모아 매고
따뜻해진 내 순정입니다
옹기종기 긴 몸자락 마음껏 드러내어 놓고
어느 순간 날아온 홀씨로 남았습니다

거인의 바람 떼에 가리워
살아가는 초야의 민들레
쨍쨍한 햇빛 보라
눈 부릅뜬 머슴 놈 땟물 고인 옷차림새 보라
배앓이에 길들여진 설움
고개 숙인 민들레
내 청춘은 가고 없습니다

산에는 민들레꽃이 피었습니다
민들레꽃 피어나는데 관상꽃이 되었습니다
내 맘 같은 민들레꽃 저들의 깊은 꽃입니다
천상의 버림을 마다하지 않은
천상의 노래
민들레 노래를 마음껏 부릅니다

나의 탈

커다란 그늘이 오욕의 잔꾀를 부립니다
나를 안고 있던 그림자가 기지개를 켜며
잠을 쫓습니다
아주 거대한 실 허리처럼 찬란하게
나의 생명을 보듬어 줍니다
이 작은 몸 언저리에 성숙된 승화
나의 길을 닦아주고
십수 년을 버티고 있던 눈물겨운
나의 진실을 지탱하여 줍니다

나는 거친 길을 가고 있습니다
나는 거친 탈을 쓰고 있습니다
위선과 헛된 시련에 매여 이기적이며
음습한 어둠의 드리움을 무모한 도박이라
전령하고 싶습니다
비화된 수만 가지의 탈을 지고
그저 평범한 한 구절의
동화를 쓰고 있습니다

이제 나는
고결한 육신에 메이지 않으며
이 아침의 맑은 이슬을 따서
영의 맑음을 이야기하려 합니다
천륜도 아니고 깊은 수렁의 늪 같은
설렘이 되어 나를 조여 옵니다
서서히 오염되어간
나의 길목일 뿐입니다

오늘은

나는 오늘 꿈속에서
동백새가 되었으며
겨울 초에 여정을 떠난다
내 입안에서 하얀 머리칼이 뒤엉키고
슬프게 눈물을 머금는다
쓸쓸한 물 한 모금으로 나를 달랠까?
입을 히죽이면 어느새 나를 잊을까?

그새 하루를 내가 머물기에는 너무 멀게만
느껴지는 세상이 존재함을 잃어버린다
나, 오늘은 세상이 온통 깜깜해지는 것을
느끼게 된다
고귀한 영혼을 맞으며 세월의 흐름 속으로
나는 머문다

훌훌 어데론가 떠나려 하면
나는 곧 서러웠던 기억뿐이다
한밤 지새우던 내 슬픔은
몇 차례의 좌절이 오고
한큼 한큼 떠밀리고
낯설은 설경들을 노래한다

살아온 나날에 애무하듯
일상의 나의 삶은 버린다
겨울꽃 동백꽃에 포옹을 하고
까닭도 모른 채 어디론가
나는 떠나가고 싶다

나 오늘 동백새가 되어
먼발치의 이야기 늘어놓고
오늘은 먼먼 허공에 나를 띄우고
기다리는 이들의 가슴을
저며 울게 하고 싶다

목각 미인

나는 한 가닥 희미한 불빛이 되어
바람과 함께 날고 싶습니다
가련한 마음에 모든 과거 일을 잊고
크고 작은 갈등이나 기쁨을 시작하고
들꽃향기처럼 그토록 기다림을 하고 싶습니다

내 모습이 세상 이치가 다 그런 거지 하였으나
허름한 균형의 형태가 되었습니다
타인의 말에 너무 집착하지 않으며
세상이 온통 캄캄해지는 것은
내가 느끼지 못한 혼돈 속에 빠진 결과입니다

나의 소중한 것들
바로 그 가치의 표현대로
목각 미인처럼 행동하는 것입니다
움직일 수 없는 상처의 고통들이
그대가 가지고 있는 단단한 목각 미인
그것은 고결한 인간의 숨소리인 것입니다

말의 숨결

간드러지게 사랑스런 말을 할 때는
영물스럽게 해야 합니다
그 시대에 길 위를 걸어가는 사람다움게
이슬비를 뿌려갑니다
조각 되어진 말을 담고 사람을 추럼하기 위한
삶을 그려야 합니다

목숨 건 표현 속에서 인간임을 자랑스러워할 때
가장 아름다운 거죠
소멸되기도 하는 봄의 아지랑이
박자를 맞추던 순수한 침엽나무 성근 풀
거센 억양으로 인하여 깨달음을
마음에 심습니다

한 사람의 형태를 가져 바람 소리가
내 가슴에 머뭅니다
여자와 남자의 독백은 참 아름다운 것
등 굽은 노인의 숨결은 위선의 말들
철없이 떠도는 순이의 말들은
입 언저리에 뒹굴고
가엾은 여자의 마지막 기쁨으로
사라져갔습니다

나는 없다

먼 허공을 바라다본다
뚱딴지같은 생각도 하여 본다
먼 우주에 다가선 듯한 기적을
생각하여 본다
빈 마음으로 뜨거운 햇살 쏟아지는
허무맹랑한 옛일도 기억하여 본다

쓰라린 가슴 달래며
무심코 별을 헤어본다
소심한 별들은 격분하는 모습이었다
내 기억 속에서 몸부림친다
내 맘 하나에 홍매화 꽃잎 그려본다

작은 별들은 다가온다
그 별은 곧 소멸해 간다
처음처럼 나는 두 눈을 감고
벚꽃의 그 눈부신 화려함을 느껴본다
가련한 바람에게 소리를 친다
그것 또한 미친 짓이다

공허한 기쁨이었던 순간에
그 벚꽃은 목숨을 잃어버린다
모든 별들에게 편지를 써 보낸다
나도 없다
목련꽃 닮은 나는 떨어진 벚꽃에
눈물 흘린다
그래! 나는 없다

길

누가 나를 아시나요
뒤처진 친구들이 모두 떠났어요
누군가 나를 부르면 나는 춤을 추어요
갈 곳없이 헤매는 누운 꽃잎은 허무를 느낍니다

길 잃은 철새처럼 주인 없는 방황 삶을 살으니
방황하는 나그네 되어 길을 또 헤맵니다
아무런 기약도 없이 그림자 따라하듯
나는 어느새 찾아온 새도 움트는 생명 되어
애원하듯이 밤새 피어난 꽃이 됩니다

아! 나를 아시나요
철쭉과 목련꽃 나의 꽃인걸

아!
나를 부르다가 앙상하게 남은 가지의 설움
천사처럼 눈망울만 방긋거리는
대추씨만한 잎사귀들

말없이 돌아서는 아련한 안개꽃으로
나를 위안합니다
영영 다시는 못 올 거야
나 그곳 떠나면 오던 길 가시면
나의 님 나의 꽃은 지고 없네
두고두고 못 본 거야
나의 사랑 나의 길은

슬픈 눈물

눈물이었나요
바람 소리가 내 가슴에 부대낍니다
꽃처럼 아름다운 빗소리가 귓가를
맴돌아 사라집니다
그대 뺨에 키스해주던 나의 멋진 모습은
창가에서 비웃음을 지어 줍니다

슬며시 흐르는 눈물에 연분홍 꽃비를 뿌렸을
산벚꽃나무 닮았습니다
보이지 않을 듯한 자욱하게 퍼질
산사의 차가운 공기
안개구름 속에서 아련한 소리에
잠이 깨어납니다

그대여 슬퍼 보여요
한밤이 가는데도 왜 그리 우시나요
쓰라린 마음일지라도
초라한 그대 모습일지라도
한 번쯤은 그 미소를 지어보아요
그대 눈물 속에 보이는 희미한 입가에
흔들리는 시련의 흔적들 비련의 약속

우시나요

왜 우시나요

또 밤이 가는데도

왜 그리 슬피 눈물 흘리시나요

나는 날다 1

나는 날다
불귀의 객이 될까 두렵다
하염없이 날다 천장의 섭리가 될까 무섭다

가슴 털 날개가 기울어져
어느새 나는 날고 있다
허우적거리며 세상을 등지려 한다

문득 스쳐 간 수 만날의 비애와 무엇인가를
잃어버리고 세월에 찌든 나를 고발한다

빨간 리본의 가여운 모습의 내 얼굴
황홀하게 날다가 차창 밖으로
내 얼굴 보인다

환상의 새가 되어 날아간다
사라져간다
나는 날다 지쳐버린 날개가 되어버린다
긴긴 날개로 허공을 가르며 숨을 헐떡인다

한 맺힌 무당이 춤을 추듯 한가로웁게
슬픈 곡예사의 몸짓으로 영혼을 부정한다

나는 어느덧 추락한다
호기심과 설렘으로 먼 허공을 헤맨다
나는 날다
영혼이 없음도 알게 된다

여름 햇볕에 그을려 돌무덤에 나는 깔린다
나는 한줌의 연기로 사라질 때
나는 미쳐버릴듯함

나는 붕새가 되어서
까만 그늘 같아서 어둠 속에
나만 묻히어 버린다

나는 날다 2

나는 알았습니다
내가 날고 있음을
나는 날다 새의 영령이 되어
먼 산 계곡에 버려진 잎사귀가 된다

나를 매달고
뻥 뚫린 금수로 바처질 운명을
고이 지키려든다

새의 날개로 살아간다
나는 날다
날개가 험한 별에 부딪히고
나는 날다 내 성취를 느낀다

깊은 슬픈 날개가
초라한 은꽃결에 따라 난다
순한 새의 눈망울은 찢기어진
날개로 떠다닌다

나는 날다
세상을 잃음에 전생을 떠난 새
쏟아지는 소낙비 속에서
작은 날개를 거두고
빈 창공에 고결한 애인으로
배웅을 하려 한다

나의 이야기

허풍스런 나는 낙숫물 소리 듣는다
나를 이야기하다가 울음을 터트린다
고결하고 아름다운 나의 심성

한 줄기 빛이 사라져간 어느 겨울밤
나는 사랑하지 않으면 못 견딥니다
부르르 두 눈을 떨며 슬그머니
이슬비를 아낍니다

내 곁을 떠난 인연들은 모두 가거라!
하얀 목단꽃에 잠긴 하늘이 더욱 더 푸르고
보라빛깔의 문명은 벌써 흘렀다
나를 떠나 부활 된 사랑의 메시지
천 년을 살아갈 그대들

어두운 거리를 방황하던 지지난 나의 세월들
향신료처럼 느껴지는 샤프란의 얼굴이었네
그들에게 나는 길가에 첫발을 디딥니다

아무것도 줄 수 없는 아름다움의 마무리
빈 망자로 위장한 삶과 죽음
낡은 걸개그림의 영원한 미소
모두 지나간 형상일 뿐입니다

어린 나를 떠난 님들에게
한 줌의 눈물에도 녹아버릴 것 같은 나는
오래 묵은 얼음조각의 망령상이 되어버렸네
노오란 삼베옷을 걸친 뺑 뚫어진 낙엽이라네

항상 술에 취한 나는
나의 흔적에서 모든 것 그려봅니다
헐벗은 나를 잊으려고 아주 작은
나뭇가지에 나를 품고서 아슬아슬한
긴 인연의 끈을 놓았습니다

허허벌판에 버려진 영혼을 안은 채
먼동이 트기 전 나는 떠나려 하네
그들은 나를 이야기하였네
훨훨 떠난 그들은 나를 두고
가버린 사람들

한 가지만 기억하게 하여 주소서

나를 위하여 한 가지만 기억하게 하여 주시면
찬란한 나의 생명도 내려놓으렵니다

내 둥지가 없어요
나는 내가 먹을 빵이 없어요
그러나 슬프지만은 않습니다
어차피 그건 나의 부질없는
소망이었으니까요

잿빛 우울함이라고 말하지 않더라도
그대가 나를 알아주신다면
저- 넓은 황야의 끝이라도
저- 무서운 불구덩이라도
아픈 마음 접고서 달려가리오

나는 연어를 잡아서 구워 먹으리오
연어를 구워 먹었던 곳에 북풍의 집을 짓고
길목에 아주 작은 나무 한 그루 심어
세월의 풍랑을 모두 이겨내렵니다
나와 함께 기쁨을 향유할 사람과
울창한 숲을 만드렵니다

그대여 어느 한 가지만 기억하여 주신다면
슬그머니 나는 너를 위한 저녁 만찬을
준비하렵니다

봄에 만개한 진달래꽃 꺾어 만든
요정집을 짓고 지긋지긋한 삶의 감옥을
모두 허물어 버리고 거친 언덕에 화려하고
여유로운 하이얀 집 하나 지으렵니다

물이 고인 강가에 두 발을 적시고
헤일 수 없는 나의 고독을 모두 버리렵니다
너만 보면 모든 것 불장난이 아니었음도
흔들거리는 꽃가지에 고백하려 합니다

나를 위한 한 가지만 기억하여 주시면
나 다독이지 않아도
눈이 부신 여왕의 손길이라 여기며
꼭 그대 하나만은 기억하려 합니다

마음의 창

섣불리 동정심을 말하는 자는
허세를 부립니다
포용하지 않으며 억지 사랑을 말합니다
눈가에 잔 미소를 머금고 인연을 말하고
좁은 가슴에 신선처럼 행동합니다
마음의 빗장을 손가락 다툼으로
해이고 까만 마음을 전합니다

섣불리 희생을 바란 자는
쉽게 눈을 감아버립니다
스스로 소유하지 않음과
세상의 끝에 참마음 빈 마음의 창을
늘 간직하는 것입니다

2부

_____

나를 위하여

나를 위하여

가느다란 나뭇가지에
메이듯 머문 예고된 달력을 넘긴다
잿빛 그을림에 무르익은 들녘의 들풀들은
졸병 닮은 내 발걸음을 산새처럼
옮겨놓는다

어느덧 허기진 하루의 사연은 저물고
얄팍하게 귓가에 들리던 배신의 신령들은
시냇물에 엉킨 채 흐느끼며 흘러간다
세상의 간교함에 서열이 흐트러진
모진 중생들 하나하나의 죽음과
삭막해져 간 세속의 인연과
그저 태산이 허물어질 듯한 푸념의 소리는
멀어져간 옛 시절의 향수일 뿐입니다

나는 나를 위하여 맑은 영혼을 쌓았고
나의 순결한 영혼을 위하여 하늘에 흩어진
운명을 이야기하였다

수많은 천륜을 버린 또 다른 너를 위하여
나는 오늘 하루만 기도를 하련다
신성한 내 육신을 쪼개어 핏물을 마시고
너를 너희들을 잊으려
두고두고 하늘에 애원하련다

탈의 천국

탈의 세상
탈의 천국에서 여신처럼 살았습니다
나는 그 천국에서 나를 유혹하는
붉은 꽃을 보았습니다

이름을 잃어버린 눈동자
내가 가진 나의 운명은 검붉게
변해버렸습니다

혼란한 세상의 가치 위에 천국의 꽃밭
유유히 흐르는 도둑들의 무도회 같이
무엇인가를 잃어버리고 강물의 정직함을
나는 말한다

탈의 세상
탈만의 천국
나는 누구일까, 나는 무엇일까
내 맘의 천국에서 간절하게 찾아볼
사람은 아무도 없습니다

나의 탈은 청초히 나를 바라보던
방개차 잎새입니다
뼛속 깊이 스며드는 한겨울의
칼바람과 같습니다
탈의 어둠, 탈의 시련, 탈의 세상

젊은 날

쌉쌀했던 우리 젊은 날은 가고
나의 풋풋함이여-
나의 열정이여-

푸르른 나뭇가지에 영령이 걸쳐지고
그 세월에 여름날은 기억하는가
그 나뭇잎에 덮여서 찬비는 내리고
우리들의 기쁨을 노래하던 이별의 아픔들은
아직 잊지 못하였네

나는 배열된 작은 방에 홀로 뒤척이며 누워
지난날의 나를 훈계하며 보낸다
나는 곧 누군가를 기다림에 그 그리움으로
변해버린 옛 시절 어린 나를 떠올린다

어린 나는 숨죽이고 어머님의 얘기를 듣고 있다
나는 어떻게 죽느냐를 가늠해본다
아름다운 마무리를 위한 마지막 어머님의 미소는
지금까지도 내 눈가에 선하다

이젠 진정한 "존엄사"로 어머님은
우리 곁을 떠나셨네

멀리서 나의 사진 걸쳐 있고
"진혼곡"의 소리가 잦아들면
나는 나의 최후의 날도 곧 나에게 다가옴을
그 음악 소리로 하여 알아버린다

오늘 하루

오늘 하루
창밖을 바라다보는 순간
멀리서 내게 다가오는
나지막한 비명의 소리

개울 건너 앉아
차가운 시냇물 소리에
눈시울 적시는
서글픈 콧노래

쓸쓸히 떠난 아비 그리움에
어느새 향기로운 들꽃은
산들산들 휘청인다

오- 나의 아이들
아- 나의 빛이여

각지어진 유리창에
둥근 달빛 먼발치 띄워지면
선한 그리운 내 아이들은
오늘 하루만 달빛에 숨어버린다

두 달 전쯤 잊혀져 간 남은 기억들
두 달 전쯤 내 맘 떠난 짧은 사연들
언제 또 오려나

오늘 하루
나 그리움 채우려면
오늘 하루 구름 걷히어 내어
분노한 마음
절개한 마음
나는 몇 날 두려워하겠지

촛불과 나

넓은 광야에
드넓게 펼쳐진 황톳길에서
나 홀로 서 있다
떠도는 신령같이

떠나간 계절 앞에 벙긋거리는 능소화
초라한 촛불처럼 새하얗게 만발한 꽃송이
아쉬운 이별
나를 기다리네

힘없는 바람 소리에 연둣빛이 감도는
백련꽃 봉오리

촛불은 슬피 울고 사박사박 님은 오네
가여운 두 손으로 기다림에 오네
나는 촛불만 안아본다
두려운 내 얼굴은 저녁이면
천사의 날개를 달아버렸네
또다시 녹아버린 창밖의 설경
촛농이 되어버린 나의 모습이었네

기다림

누구를 생각하는가
몇 날 며칠이 지나가도 나를 잊을 수 있을 건가
한밤 자고 나면 떠나가는 사람인데
언제 수천 리 길을 떠나갔네
뒤돌아보지 않을 사람인 줄 나는 몰랐네

나의 선량한 마음 이미 떠나갔어요
실오라기 하나 걸치지 않은 나인데
나에게 무엇을 더 바라는가

나는 다시 태어남이 부끄럽지 않은데
당신들의 말로는 나는 이미
죽음이 되었네

그저 한탄할 줄 모르네
삼 년 홀아비 지아비 되었네
별 볼 일 없는 신세가 되었네
누군들 나에게 기다림 주리오

한 번쯤 나를 뒤돌아볼 만도 한데
그 어찌 매정하게 나를 잊어오리까
그저 나에게 손짓 한 번이라도
휘저어 주시지 그랬소

집 잃은 새

누가 나를 찾아올 일 없어
세월은 자꾸 흘러 머무를 수 없네
사방이 캄캄한데
누구 한 사람 보이질 않아
여섯 시 정각에 만남이었는데
나는 얼마나 기다리다가
떠나가야 하나
오후에 전화하길 너무 바랐는데
어쩌면 좋을까 연락할 길 없네

나는 이제 갈 곳이 없어
집 잃은 새가 되어 방황하는데
그대여 왜 이리 가슴 태우나
야속한 님아 어쩌면 좋아
내 가슴 태우는 님은 보이지 않아
어허 집 잃은 건 내가 아냐
그대 님인걸
그대 님인걸

나 이제는 당신 잊으리
집 잃은 새여 집 잃은 새여
한동안 보이지 않아 애만 태우고
어디에 가야만 찾을 수 있나
어허 집 잃은 건 내가 아냐
그대 님인걸
그대 님인걸

풀잎과 나비

거친 풀잎에 나비 한 쌍은
해 질 녘이 되어도 떠나지 않네
오늘따라 날아온 바람
왠지 멈추질 않네

수많은 세월 지나갔어도
그 바람은 멈추질 않네
그 풀잎에게도 그 나비에게도
한 세월은 지나갔어요

이 밤 지나면 그 풀잎 외로이
떠나갈 것을
그 무엇으로 그 세월 잡으리오
거친 풀잎에 나비 한 쌍은
해 질 녘이면 또다시 떠나지 않으리

아무에게나 편지를 써

나는
아무에게나 편지를 쓰네
내가 전할 얘기는
사랑이오
그 사람 나의 사랑 필요했는데
오늘만큼은 사랑 전하지 않으리
아무런 내용도 없고
아무런 소식도 없었어
오늘은 떠나간 사람 얘기뿐
그 무엇을 말하라고요
나는 아무에게나 편지를 써요

나는
아무에게나 편지를 쓰네
그대에게 그 님이라고
사랑한다고
그 사람 이제는 내게로 오려나
그대 님 오늘은 보이질 않네
죽도록 사랑한다고
한 번쯤 사랑했다고
내 맘 이런 거 말하려 했는데
오늘만큼은 편지를 써
나는 아무에게나 편지를 써요

겨울비

비,
겨울비,
오늘도 내린다

텅 빈 마음으로
눈을 기다리다 비가 내리면
가슴이 떨리고 내가 가진
온갖 죄악들이 겨울비가 된다

비,
나를 울려놓고
기쁨의 비 오늘도 내린다

우람한 먼 산 아래
키 큰 고목나무 하나 쓰러지고
하늘 아래 홀로 누워
긴 뚝 하나 무너지고
내 꿈 하나 헤어날 수 없는
넓은 세상과의 틈바구니에서
나는 겨울비를 기다린다

나는 나와 함께 겨울 구름 사이로
떠다니는 비련의 비를 기다릴 뿐이다
내 눈 속에 들어있는 겨울밤

나는 새

어떤 그리움은
내 눈 안의 새가 된다

외로움이 부서질
내 마음 한구석에는
둥그런 원 하나
보일 듯 보이질 않네

더 야윈 손짓으로
저곳 저곳 가리키니
뭐 하나 있는 듯
하나 잡히질 않네

또- 뭐 하나
그리움 하나 채워지질 않네

날카로운 내 마음은
저-어새가 되는데
둥실둥실 떠 있어야 할
님의 새가 되는데

내 눈 안의 저-어새는요
내 님 안의 저-어새는요
반반쯤은 가리워져 우네

버드나무의 인생

삶이 힘들고 고달프고 희망이 없을 때
그런 마음일 때
모든 이들은 절망이라고 한다

버드나무 가지가 휘청거림은
그 누굴 위해서
가지가 늘어져 있는 것이 아니다

버드나무는 원래 태생부터 늘어져야 할
운명이기에 늘어졌을 뿐인데

우리네 사람들은
언제든지 그 버드나무의 늘어진 가지를
인간사에 빗대어서
여유와 슬픔과 이별과 만남을
때때로 비유를 한다

꼭 잘못되어간 삶의 심사를 말하기에는
어쩌면 더 좋은 인연이기를 바라서
뭇사람들이 만들어낸 얘기의 동화일 것이다

동전 한 닢

내가 가진 동전 한 닢
그 돈으로 무엇을 할까

내 돈은 동전 한 닢
내 돈은 동전 한 닢뿐
그 돈으로 무엇을 할까

아침을 먹을까, 아니요
대포나 한잔 할까, 아니요

어쩌다 어머님 뵈러
저- 선산에나 다녀올까, 아니요

누가 나에게 한 닢 두 닢
동전 서 푼을 줄 거나
누가 나에게 한 푼 두 푼
동전 세예 닢을 줄 거나

나에겐 동전 한 닢
내 돈은 동전 한 닢뿐

어느 날 우연히

어느 날 우연히 꽃길을 걸었다
네 잎 클로버 잎을 한 잎 뽑아
덩실덩실 춤을 춘다
선한 내 마음이란다

어쩌면 하늘의 천사님이 나에게
엄청난 행운 하나 전해주실지
내심 기대도 해 본다

그렇게 우연히
모든 삶이 흐트러져버린 내 삶에
그저 그런 네 잎 클로버의 행운도
상상하여 본다

어느 날 우연히 꽃길을 걷다
나도 모르게 스르르 눈물을 흘렸다

좁은 길가에 가냘픈 코스모스
일곱 색깔 무늬의 꽃을 보고
난 한순간 행운의 여신이
내게 꼭 오리라 믿었는데
그것 또한 잠깐의 환상일 뿐

이내 모든 게 망가져 버린 삶의 하루는
순수한 네 잎 클로버와 일곱 색의 코스모스
행운도 정겨웁게 확인한 것뿐
내 두 눈에는 펑펑 눈물만 어느새 고인다

어느 날 우연히
내 가슴에-
어느 날 우연히
내 슬픈 두 눈에

그리움

이쁜 마음을 가져보자
밤비가 내릴 때 홀로 비를 맞아보자

먼 기찻길
고동 소리 울림이 들리면
첫눈을 맞아보자

나 혼자 그 눈에 감동을 받고
두 손을 펼쳐서 하얀 눈송이를
혀끝으로 녹여 먹어 본다

아쉬운 건 내 주변에 아직은
어둠이 채 가시지 않았기에
꼭 나 혼자라는 것이다

비가 오면 비를 맞고
눈이 오면 그 눈을 맞고
웽웽 소리 바람결에도 조금 놀라는
아직은 어린 왕자의 놀음 놀이도 하고 싶다

걷자-
어딜-
그리움이 잊혀지도록
나의 노래에서 조종하는 곳
원고지와 펜

아니다
어쩌면 나 여기 서서
무수히 쏟아지는 장대비를
홀로 맞아보는 거다

사랑의 순리

낮에 불던 바람이여라
영원이여- 가슴 아파하고
밤새 울던 사랑이여라

슬픈 사랑에 순응하고
떠나간 사랑에 영혼을 담아
한 번 더 생각하고 슬퍼하여라

니가 떠나간 날
순응한 삶을 살음 덕에
나 이미 그 규율을 잃고
살음이었어라

내가 사라져갈 때까지만
밤새 밤새 이야기하며 숨을 고르고
이 밤들이 고이 새도록 사랑앓이를 하고

사랑의 순리 하나를 믿고 붙들고
헤쳐 올 죄악의 기다림들을
사랑의 순리로 확인하면

긴긴 감사함으로
그대 선악 모두 영적이기에
나, 다 받으리오

어떤 인연

우리 언제 어디에서 왔니
서로를 동의하지 않았음에
어떤 이유에선가
그냥 가진 마음

우리는 천륜이라 말하곤 있다지만
빈 마음 한편에 벌써 터질 듯한
운명의 인연

그 어떤 인연이었나요
그대 감정이 슬프게 나를 울려요
아른아른거려도 내 몸은 당연한
그대의 몸

그곳에 있을 내 영혼
철저한 죽음의 예절 또한 있듯이
철저한 죽음의 인간 권리도 존립하는 것

아– 사랑아
그– 사랑아

어떤 관계의 인연이었나요
간곡한 마음만 꼭 드리고 싶은
말 있어요

하나는 사람의 인류이고
하나는 영혼 속의 인연이고

무지개의 사랑

무지개가 어찌 피어나는가
내 눈가의 사랑처럼
넌 어디에서 왔니
앞으로 내가 할 수 있는 일이 있을 거야

용서와 분노
나는 지킬 것이야

나 한밤 자고 나면
그 분노에 내가 지칠 것을
너를 위한 오래전 얘기 때문에
나는 그냥 두 눈 감고 있을 것이야

나,
해충처럼 살기 싫어서
용서하지 않을 사랑
무지개의 슬픔
품고 살음이여라

어느 화장한 사람 같이
나는 죽어서
나는 오직 너를 지킬 것이야

무지개의 슬픔처럼
또,
그래도, 나는 살 것이야

슬픔의 자리

아침마다 나는 숨을 고르고
나의 감정이 어지간히
슬픔이란 걸 느낀다

슬픔의 자리에
나는,
누워 있으리라

슬픔을 자원에 비유하고
감정적 친밀감은
아주 위험한 것이며,
고통으로부터 나의 가치관이
소멸해간다

나의 감정인지를
두고 보아야 할 즈음

나는 슬픔의 자리에서
순간순간
나를 잃어버린다

어쩐지 개운하지 않을
나의 슬픔들을 무시당하고
고이고이 내 가슴 속에
묻어두고 살음이어라

슬픔의 자리에서
나의 갈등과

잘잘못을 가히 숨기며
또
살음이어라

사람과 말하는 나

사람과 말하는 것이 좋은데
너와 나 사이에 말이 통하지 않는
이유가 있음이다

아니,
난 그런 건 하나도
두렵지 않음이다

내 마음을 사로잡는
그대의 언변은 무엇인가

나는 너에게
나의 메시지를
적절히 전하여 본다

당당하고 쉽게
사랑이란 말을 하며
나의 생각을 너에게 물어본다

네가 원하는 바를
나는,
말하지 못하기에

나는,
또 한 번
크나큰 한숨을 쉬어 본다

너의 마음을 사로잡을 사람
그리고
말하는 나

너를 보며
나는
말하리라

말을 함부로
나에게 하지 말 것을

슬프다고 말하지 마요

나
가는 곳곳마다에
커다란 장벽이 있어요

우리
슬프다고 말하지 마요

나
가는 그곳에는
우리 넘치는 사랑 있어요

삶에 지쳐 나를 잊어버리고
그대 어린 시절 뒤돌아보며
끝내 슬프다고 말하지 마요

가느다란 흰 장미꽃을 보며
나를 잊고
그대 맘속에 피어나는
연민의 사랑 느껴보아요

또한
그저께 머문 날
나에게 슬픈 심사 잊어버려요

나
슬프다고 사는 그곳에는
벌써 꽃잎이 피고 있어요

나
나는 슬프다고
말하지 않을 겁니다

누가 내 사랑을 가져갔나요

누가 내 사랑을 가져갔나요
우리 가끔, 나의 미래를
선명하게 생각하여 본다

내가 미처 깨닫지 못함을
그저 그대에게 변화와 눈을 뜰 수
있음에 감사를 한다

누가 나를 그렇게 힐난할 것인가
나, 오직 그대의 옷자락에 매달려
슬픔과 고독을 몰래 전가한다

내 자신감에 젖어서 새로운 삶을
생각하기에 더 내가 변화한
그런 것을 말을 못할 뿐이다

그래!
누가 내 사랑을 가져갔나요

오오-
너는 저쪽에서
나를 비난할 것이다

밥

1

조각달 샛문으로 까맣고
돌무더기 쌓은 돌솥이 보이네
훔쳐 안긴 햇빛과 공기가 나의 신이어라
딱 벌린 개구멍에 먼 산의 잔설이 보인다
쥐새끼가 소리친다
수심 가득한 어머님 얼굴
서른 끼니 걱정에 눈물만 흘린다
그 여인은 밥을 짓는다

2

가랑잎 피어 끓어오른 냄비 소리야
오죽하겠냐만은
우직우직 고깃덩이 씹는 맛
이만큼 하겠냐마는
명태조림 시금칫국 새콤새콤 들어 마시는
막노동꾼의 거친 숨만 볼에 터진다

나를 버리고 가는 길

움츠린 새벽녘에 습관처럼 또 수십의
주문을 외운다

나를 버리고 간 님들이 있으니
나 또한 그들의 사슬에 묻혀서
몇 날을 헤어본다

잠이 와서 그르친 나날들
어서 빨리 나를 위해
기꺼이 기도하고 묻습니다

혼,
나의 님 항상 나를 위해
기도해 준다는 것
사랑의 부활이여
내가 모자란 탓에
나는 외로운 길을 가야 합니다

나를 버리고 가는 길을
가야 합니다
몇몇리나 남은 길가
나 혼자 그 길을 걷습니다

3부

나를 잃어버린 사람들

나를 잃어버린 사람들

어떤 나를 잊어버리고
한량없이 의심스러운
나 자신의 양심을 고백한다

한 발자국 발걸음에
어느 때는 나를 움직인다

나의 소관이 아닌
어느 날 나의 길은 저주를 이어받아
용서받지 못할 병마에 시달리고

죽어서도 편안하지 못할 마음
이승에서의 마지막 유언을 적어낸다

뼈만 앙상한 가시덩굴과 엉겅퀴
그리고 아카시아나무 뿌리가
내 몸을 휘어 감아 버릴 때

마침 나는
나를 잃어버렸던 위대한 신들의 면전에서
백날 즈음 벌컥벌컥 화를 낸다

이승을 맴도는 참다운 나의 양심은
폭풍우를 쫓아주시고
긴요한 죽음 후에 보다 더 나를
잘 알 수 있다는 것이다

내 머리 위에서 초승달은 기울어
나를 잃어버린 사람 나를 여읜 사람들은

죽음이 다른 나를 기억하며
또 한밤을 지새운다

세상에서 너를 보리라

나 오늘 태어나지 않았다면
오늘은 물론
세상에서 너를 모르리라

그 어느 날에 태어나지 않았음에도
나 자신이 세상에 태어났을 뿐이리라

윤리와 존재는 세상에서 잠시 머물고
첩첩 떠오르는 나의 실뿌리들은 감정으로
잠을 재운다

내가 죽는 순간에 나의 온유함은 소멸되며
내 곁을 떠나려는 사람들뿐일 것입니다

주변의 사랑과
완벽한 사람이 될 냉정함이
곁뿌리와 잔뿌리들로 트입니다

촛농을 한 방울씩 그대의 하얀 몸에
뿌려진다 해도 모든 것을 알려는
세월의 굴곡입니다

이 세상 어딘가에
엄연한 눈물이 되어
어우러져 살아가고 있습니다

시선을 멀리 넓게 바라보다
돌아서 앉은 순간은

이 모든 세월 속으로
나의 몸통과 두 다리 묶음은 주저 없이
깊은 소파 의자에 빈 몸 되어 기대어 봅니다

나는 행복하기를 원한다

나의 일그러진 소식이
분한 내 마음을 삭이고

내가 맡은 이 세상의 모든 가치와 겸손은
그 누군가에 의해서
느티나무 밑의 세 갈래 길로 오른다

이른바
정의의 세 치 혀라는 존재와 침묵으로 흘러
하염없이 눈물 흘리면

나는 원하지 않던 나의 삶이
선한 사람들에게는 어떠한 올바름으로
비추어진다

나는, 정말 고통스럽게 깨어진 커피잔의
파편처럼 튕기어 가고

하지만, 어느 날인가 다시는 소스라치지 않기를
빌어본다

나는, 무슨 일이 있어도
나 자신이 행복하기를 원한다

고로, 천하를 움직이는 자에 의존하며
더 교만한 행복을 잊어버리는
나의 마음 또한
변할 리 만무하다

숨은 밤

나는 그를 만났다
그저 십수 년을 모진 세월 앞에
그가 먼저 나를 떠나고

하얀 눈이 흐트러지지 않기를
내 마음 다잡아본다

긴 밤
어느 사랑 곁에 쓸쓸히 기대어
세월의 더께를 젖히고

한 묶음의 고독한 밤 속으로
진달래 잎사귀나 연초록 잎을 피워
그을린 사람에게 수만 번 되뇌어 본다

너저분한 사랑 이야기로 행여 나를 버리고
올가매으고
온 들녘이 물들어가는 허망한 이별과 함께
한 치의 양보도 없이
내 몸은 간드러져 간다

한 덩어리의 고독 앞에 쉽게 무너져 내린
내 생애의 꽃길

억울한 고음의 목소리는 어느새 작아져 가고
그 어눌한 심사는 못내 숨어버린 밤에 이른다

운 좋게 주어진 천만금의 사랑과 오열 앞에
그 밤은 또다시 숨어버린다

아무도 바라보지 않은 숨은 밤이 오면
주옥같은 햇살에 견딜 만큼 견디다가
나는 오늘 울어버릴 채비를 하고
한들한들 숨어버린 밤을 내 숨결 곁에
다시는 오지 않기를 바란다

겨울과 나

죽음을 피하기에는
너무 쓸쓸한 겨울이 온다

한 줌 한쪽 벽만을 바라보던 나는
괜스레 눈물을 흘린다

어느새 나는 무릎을 꿇고 잠시 머문다

아직 먼 겨울의 끝이 남아 있는데 그 많은 고민과
비통한 울음소리와 겨울은 그의 부끄러운 눈살에
도로 나를 목 매이며 긴 숨을 쉬게 한다

희끄무레한 겨울은 넌지시 아직 나의
몸 언저리를 감싸 쥐고 쓰라린 독백 한 잔을
마시라 한다

비워진 내 몸은 갇히고 주저하지 않을 세월은
저 즈음에 있다

목숨을 담보하고 감내하는 나날들
겨울과 나는 낡은 목석 아래 긴 한숨의
너울 좋은 가락과 작은 가슴 한편을 잡고
소리 내어 울어본다

잘 정돈되지 않은 사연을 포개어 잠재우고
언제나처럼 두 눈을 감아본다

아, 겨울의 외마디 비명 소리 들으며
겨울과 나는 작은 방 한편에 고독의 짐을
내려놓는다

나와 겨울은 너무 짧은 슬픔을 고이 안은 채
쌀가마니 깨나 한 섬을 서로를 의지하여
고즈넉한 초저녁을 잠재운다

나의 삶을 위하여

가는 곳곳마다에 더 나은 사랑의 이해로
밝혀지는 나의 삶에 그림자들

내 한 움큼의 삶은 엄연히 존재하는데
달빛 한 줌의 독백이 그대 두 뺨에
모든 것으로 쓰여집니다

더 슬픈 나의 삶은 빨간 먼 하늘가에
내 모습 감추어 주고 부서질 듯이 작아 보이는
나의 양심을
내 곁에 4분의 3까지 묶어두고자 합니다

비 내리는 신작로를 나는 걷고 있어요

내면적이며 쓰라린 모든 슬픔과 분노와
결백을 사이에 두고
나를 지키려 함입니다

햇빛도 달빛도 멈추어버린 바깥세상을 그리워하고
내 안쪽에 머무는 위선을 떼어 보내어
세상의 한편에 나의 둘레를
펼쳐 보이려 합니다

결코 만만치 않은 사람들과의 관계에서
오직, 나를 미워하고 물과 강물, 시냇물들을
사랑이라 부르렵니다

언제나 나는 부정적 이기주의를 버리고
선한 삶을 붙들어 매어 세속적인 존재로
남아 있길 바라였습니다

오오
깊고 깊은 나의 삶을 위하여
흔들리거나 부딪히는 소리 없이
더 많은 위선들을
모두 내려놓으려 함입니다

사랑의 이해

단 한 번의 사랑으로
서서히 다가오는 저녁노을은
인간관계에 심각한 내 마음을 움직입니다

내 사랑의 마음은 슬픔 하나로 감추고
어느 누군들 상처받기를 원하지 않음에

이른 새벽 뿌연 안개 떠오름을 보며
그 마음의 사랑으로 치유하려 합니다

먼 개울가 무지갯빛에는 나를 버리고 간
서슬 퍼런 물살이 흐르고 나의 어리석음은
천 년의 세월 따라 어떠한 예감이나 단정을
해버리는 무모한 행동은 하지 않으렵니다

어느 누가 나를 유혹하여도 하얀 밤을 기다리다
어느새 깊은 잠 속으로 두 눈을 감아버렸고
또다시 내려놓았던 마음은 그 꿈속과 세상과
절망의 경계선을 배회하며 그렇게 단절하렵니다

누군가에 의해서 온 세월 동안 지나간 날들의 사랑은
끝내 나의 아픔으로 잊혀져 갑니다

우리,
사랑의 조건만은 가지지 마요
인격의 자아는 죽었습니다

딱 한 번의 상상력은 내 모습 떨쳐 버리고
숨겨진 작은 머리 하나만큼 나의 결백은
마땅한 사람이 보기에도 슬픔의 노래입니다

이제는 사랑의 조건과 사랑의 이해와
나의 운명은 필요하지 않은걸요

가슴 찡하게 흔들리는 마음은 변화로 요구하듯
거센 바람에도 휘몰아 돌고 있습니다

하늘이여-
님이여-
언제나 달과 물, 강이나 바다처럼
새로운 목적의 움직임은 이제 시작입니다

저쪽의 자유를 향하여

세상에서 가장 아름다운 새벽
하루 중 가장 경이로운 시간
눈물이 하염없이 흐르네

우리 저 먼 곳
저쪽의 자유를 향하여
저 건너편에 있을 하늘섬과
나의 성으로 날아가 봐요

무말랭이처럼 마른 나를 보는
천사와
저쪽의 자유와 고통을 밟으며

어느 날 나는 그림 같은 새가 되어
가련한 날갯짓을 하고

넘쳐흐르는 눈물과 작은 몸을 지배하며
마지막 내가 가야 할 이성적인 자유

그리고 거친 비평 속으로
두 눈을 의심하여 봅니다

이제는 지독하게 쓸쓸한 나의 방에서
주술적인 의미까지 모두 버리고

너무 슬픈 나날에 빠지지 말 것을
매정한 세상에 하소연하여 봅니다

그대여 절대로 눈물 흘리지 마요

그대여,
당신이 상대하는 만큼
절대로 눈물 흘리지 마요

거친 삶을 밀어내고
즉각적인 만족감에 부분적으로나마
그깟 인생에서 고독이 밀려오더라도
그대여 절대로 눈물 흘리지 마요

나의 길 가려는데
그대여 하염없이 눈물 흘리시나요

나 혼자란 걸 잘 알지만
현실적인 삶이 엄연히 있고

여느 길을 가다 보면
그대의 등 한편을 긁어 내밀며
수많은 돌계단을 걸어가야 하는데

한 발자국씩 걸어가는 님이여
우리가 그렇게 생각하는 대로
천만금의 무게를 짊어지고
투덜투덜 그 흰 머리 위에 매이고
가야 합니다

우직 수많은 아침의 별들은
나를 향한 슬픔이 아니었음도
나를 향한 고독이 아니었음도
누누이 일깨워 줍니다

나와 그대는
영원히 눈물 흘리지 않을 겁니다

요란한 요식 행위의 삶과 인생의
주관적인 운명일지라도

그대여
절대로 눈물 흘리지 마요

기다림 그리고 나의 고독은

처음 그대를 만나 불손한 짓을 하고
용서할 수 없는 그대의 면전에
쉽게 이해되는 부분 따위는
죽음을 과장한 가장 아름다운 이별과
자신을 비추는 거울처럼 고뇌 어린
일상이 됩니다

큰 벌을 받지 않으려 굴과 같은 기세로
슬픈 이슬을 목구멍으로 넘기고
나 혼자여서 더욱 황홀한 산사의
이방인이 됩니다

기다림과 나의 고독 사이에 이별 또한
결국은 처량함으로 쌓이고 흐림과 맑음의
노곤한 삶이 연속이 될 때에는
바로 뒤의 풍경처럼 더욱 선명히
그대 가슴 속 뒤에 숨어 버립니다

어제 그리고 오늘
사람들은 원혼을 달래고자
나에게 벼슬이 되어 올지라도
나는 기다림과 고독의 저녁 맞이를 하고
아름다운 추억이 당신의 염원으로

한순간의 사진을 가슴속 깊이
묻어둡니다

드리지 못한 말씀 하나에
허망한 말투로 나를 팽개치듯
님의 기다림과 후회와 여유와 기예를 모으고

무엇하나 남기지 않은 노적봉의 나지막한 숲속에
엎지른 물을 주워 담을 수 없는 이치로
기다림, 그리고 나의 고독은 언제나 병마에 신음하는
우리들 마음에 인생의 길잡이로 남아 있습니다

흐르는 눈물을 어찌 하나요

보일 듯 보이지 않는 꿈속에서의 하루는
또 뭉개어지고
차마 눈을 뜨지 말 것을 후회해 본다

나는 과연 무엇을 할 수 있는가
저주의 카탈로그를 만드는 나를
나 자신을 생각하고
처음 아름다운 내 손이 닿은 곳
천상의 세계였는데 누구에게나 아마도
서글픈 이승에서의 업보일 듯하다

깜깜한 세상이 어느덧 달덩이가 되어 펼쳐지고
양심의 소리를 항상 신뢰하였기에
나는 그곳의 기쁨을 감추려 했을 뿐이다

흐르는 눈물을 어찌하나요

그것은 눈을 감고 완전히 창조적
상상력을 헤쳐본다

나는 하염없이 눈물을 흘린다
저주받은 삶의 앞자락에
흔히들 죽음을 받아들이고

그 의지가 사라져 버릴 때
나의 고통과 저주는 아직 끝나지
않음이다

흐르는 눈물을 어찌 하나요

수많은 억울함이 불안과 나의 지위와
서글픔으로 밟혀지는데

나는 나는 기계적으로 흐르는 눈물이런가
섬광처럼 번뜩이는 한밤 속의 인연을 못내
나의 두 눈에 눈물로 적시어 흐른다

꽃바람은 부는데

꽃바람은 부는데
사람들은
불손한 짓을 한 것은 용서할 수 없다며
별빛 한소끔 손에 쥐고
너덜너덜 낙엽 위를 걸어간다

꽃바람은 부는데
우리 사람들은
멀리 도망갈 염려가 있는 탓에
저마다의 삶의 부스럼을 안고
긴긴밤 내 님의 소식을 얘기한다

꽃바람은 부는데
못내 서러운 한밤을 지새우고 간
내 님 앞에서
겨울밤을 보내서야
너울 좋은 노을은 어데론가 스며든다

꽃바람은 부는데
한 번은
이런 일 저런 일 겪고서야
한 뼘만큼 삶의 희로애락을 가슴에 안고
부서질 듯한 마음으로 꼬옥 잡아본다

꽃바람은 부는데
거울이 낭에 떨어져 바람에 싣고 간
꼿꼿한 철쭉 꽃가지에 앉은 내 님은
투명한 이슬처럼 서러운 밤을 잊으라 하지만
몇 수십 년인지는
그 님의 흐느낌에서 느끼게 된다

꽃바람은 부는데
뿌연 이른 새벽 내 님은 어디 갔나요
안개 속은 나를 짊어지고
멀어져 간 얼마쯤은 그리워한다

고독의 발견

몇 날 며칠을 밤을 헤이다
저절로 두터워지는 가슴에 꽃을 달고
겨울바람에 흐느끼는 낙엽을 보았네

잡초처럼 자라서
우수수 떨어질 듯한 그 낙엽에
나는 눈물을 흘렸고
불타오르는 소망에
밤을 지새운 나의 고독은
몇몇 줄기 빗소리에도 슬픔의 고독은
내 곁을 떠나지 않았네

소스라치게 고독한 나의 몸부림을
저 너머 머언 숲에 내려놓고서
또다시 밤을 그리워하네

어렴풋한 한 줄기 빛도
보이질 않는 세상에서
우리 님의 자작 노래는
내 눈가를 적시고
그 눈물은 침묵을 통하여
어느새 내 님의 떨리는 목소리로
내 귓가에 멈추어 우네

아름다운 고통이 찾아오시길
은밀하게 작은 목소리로
나는 나는 고대하며
요 한밤을 서글피 보내시었네

님이 오시네

허물어진 꽃 한 송이 가지런히 들고
여자의 마음으로
님이 오시네

불태웠던 눈꽃송이
한 아름 손에 쥐고
흐림과 맑음의 소식을 전하려
님이 오시네

어디로 가버린 님을 그리우다
한 줄기 바람이 불어가듯
날은 밝아오는데
님은 가시었네

나뭇가지와 잎이 무성해진
몇 밤을 지새우고
물 한 방울에 지나지 않는
몇 밤을 기다리다
내 님은 떠나시메
나는 잠에서 깨어났네

저 먼 곳의 우리 님
처음으로 사랑을 하였네

납작하게 드러누운 나를 두고
떠나시메
밤새도록 우리 님은
오시질 않으시네

술잔 속의 님의 형상 그리우다
밤새도록 우리 님은
내 곁에 머무시네

그 어느 겨울날

님은 왔습니다
풀잎에 이는 바람처럼
그 어느 겨울날
멋들어진 추임새를 안고
님은 가시었습니다

이른 아침
몇 날을 기다리다 지쳐버린
초승달은 떠나시었습니다

수많은 세월 앞에
무지개의 약속들은
벌써 무너지고
스스럼없던 내 님은
보이질 않습니다

그 어느 겨울날
님 계신 민둥산의 안개는
어느새 걷히었는데
님은 오시질 않습니다

열 밤을 꼬박 지새운 밤
문밖의 내 님은
나를 보았습니다

마음의 순리

나를 두고
나를 비껴간 사람들이 있습니다

세상의 지친 몸
슬픔을 짊어지고
끝내 숨이 막힐 것 같은
세월의 몸부림 속에
두고두고 잊지 못하여
자그마한 마음의 순리로
나를 버티어 봅니다

꿈을 버린 삶에 순응하기 위하여
몇 날 몇 밤을 지새우며
한 걸음 또 한 걸음
정처 없이 걸어가는 나그네의
설움이 되었습니다

내 몸에 느껴오는 진실과
얼마만큼의 오해와
커다란 상처들로
하루하루를 세어가며
작은 입에서 흘러나오는 말들을
가슴에 묻습니다

마음에 순리는 어디서 왔는지요
마음에 순리는 어이하여 왔는지요

나를 책임지지 못할 결단이
뒤엉켜버린 지난날들
고해성사를 통하여
나 하나를 인정하고
그간 한 움큼의 동정심을
잊기로 하였습니다

구르미 머언 곳에 있어요

구르미 머언 곳에 있어요
우리는 애초에 서로를 모르고
머언 길을 떠났습니다

뉘엿뉘엿 해는 저물어
이상을 바라지 않는
백지 한 장 차이의 그 애절함은
신의 존재와 구원에 관하여
위대한 이름으로 세상에 떨쳐집니다

구르미 머언 곳에 있어요
불행의 끝날이 어디인지는 몰라도
나의 길은 언제 즈음
서슬 퍼런 겨울밤을 털어내고
긴긴 세월을 애모하듯
둥그런 빈 가슴만 묻어둡니다

구르미 머언 곳에 있어요
내가 사랑하는 나의 님들은
어떠한 모양의 실체와
네모난 세상 가르기에 편승하여
나를 버리고 가는데

달빛이 떠오르기 전
그을진 밤 오늘 밤은
구르미 머언 곳에 있어요

나를 잊지 말아요

나를 잊지 말아요
살이 에이는 듯한 들녘에
날카로운 시선을 던지고
나 외로이 서 있습니다

나를 그리워하는 이 빗발치듯
많은 줄 알았습니다

나를 잊지 말아요
내 눈앞에는 아무도 없고
내 나이 차곡히 쌓여가지만
그 누군들 알을 리 없겠지요

나를 잊지 말아요
고난의 밑바닥으로
나를 모르는 이는 간절하던 소망
날이 밝으면 꼭 이루어질 것 같았지만
어슴푸레 내 나이는
어느 세월의 무게에 닫혀버렸습니다

아무도 나를 위해
기도해 주지 않아요

오로지 나를 위한 인간의 섭리가
본능적 힘으로 움직이며
나의 기도 소리 들릴 뿐
그 세월에 내가 쓰러지더라도
나는 나의 고독한 삶을
살아갈 것입니다

단 한 사람도 내 곁에서 머물러 주질 않으니
그대들은 그대들 나름대로 살아갈 것입니다

세월의 흔적조차 남기질 못하고
기쁨과 슬픔을 갖고서

흐느적거리듯 붙어 있는 나의 생명줄은
그 아무도 모를 일입니다

모든 삶이 나를 위해서
뻔뻔스럽게 오해를 하고
한 자락 꿈결 속에 머무는데

그대들이여 안녕히
나를 잊지 말아요

창가에 우는 바람

폭풍 속의 바다에 다다라
어떻게 하든지
가련한 밤은 오고
어디선가 나를 부르는 소리가
얼마만큼 들려오네

겨울바람에 고개 숙여버린
철부지 나는
가늘고 긴 실 같은 물결에 무참히
망가져서
문득 잠에서 깨어나네

사랑의 메아리에 놀라
하이얀 복사꽃 계절은 가고
나 떠난 후에라도
얼마든지 피어나는 눈꽃송이들

이제 단 하나를 받아들이는
나의 창가에 우는 바람은
밤새껏 소리 내어 나를 부르네

허연 밤이 지나면
내가 겪지 못한
나름의 몸부림은 부스스 오네

첫째는 이 세상 모든 만물은
아득히 옛날부터
아름다운 선율의 가락으로 떠돌고
우리의 판단보다 훨씬 자그마한
그 이별의 노래는

쫓아오는 별님의 곡소리 되어
어느새 빵 한 조각과 조금의 포도주를
나눠 마시며

나의 창가에 우는 바람을 맞이하여 본다

어떤 마음

사람에게는 누구나 허물이 있다

깨달음을 가슴에 안고
어떤 마음을 가져본다

가슴 한쪽에 밀려오는 사랑
누군가를 그리우다
내 마음 한편에
언제부터인가 쓸쓸히 나는
눈물을 흘린다

나를 기억하지 못하는
삶의 굴레 속에서
세상 돌아가는 기미를 잘 알면
꼭 한 번은 그 어떤 이를 잊기도 한다

정나미가 떨어져서 웃지도 못하고
그간 설움들을 모두 내 숨소리에
묻어둔다

부모에게 효도하고 순종하는 사람은
반드시 효도를 한다

어떤 마음이 떠오르면
쓰라린 하루의 일상이
비록 인간 세상에 살더라도
어떤 마음인지는 나도 모를 일이다

그 어떤 마음이 오면
물이 든 동이에서 순식간에 물이 쏟아진다

나는 다시금 나를 다스리려
저 먼 하늘을 보며 외쳐 본다

기가 막힐 정도의 나의 유언은
없으리라

그 어떤 마음이
또다시 오면 나는 그대의 일들을
두고두고 내려놓을 것이다

나는, 나를 버리고 가련다

놓치고 싶지 않은
스산한 저녁노을 속에
나는, 나를 버리고 가련다

어쩌면, 남의 탓으로 돌리거나
운이 아주 나빴기 때문에
나는, 나를 버리고 살으련다

뒤엉켜버린 나의 삶에
자신을 위로하고 만다

그을린 고즈넉한 밤은 오고
그 밤 몰래 또다시 눈시울을
적시어 본다

하마터면 통곡 소리 내어 운다지만
나는 내일을 위한 기도를 만들어
외우련다

잠시 먼 옛날 즈음에
나는 노래도 지어 부르고
떠나간 님 옷매무시에 그려도 본다

어느덧 하루가 지나면
나는 나를 잊으려 했던
지난 과거 일에 기억조차 못 하고

숨이 막힐 것 같았던 죄악의 나날들은
"어느새 몇 수십 년의 세월만 흘러 흘러
갔노라네" 하며 잊힐 날 몇 날을
나는 잊고 살으련다

기다림, 나의 사랑은

슬퍼도 슬퍼도
가야 할 길이 있다

바람 한 점 없는 허허벌판에
나 홀로 서서
저 깊은 사계절 속에 봄의 아지랑이와 같은
기다림을 하고
그 누구에게라도 의지하지 말 것을
다짐하여 본다

세상의 둘레 속에 나를 버리고
그 힘이 약화되어
커다란 버팀목이던 나의 님은
언제라도 가시건만
나의 사랑은 하루라도 벌써 떠나시었네

나를 잡아둘 고독은 시련을 겪고
당신의 소망을 부로 전환시키기 위해서라도
한 송이 튤립마저
환상 속에 감추어졌네

오직 당신 자신을 좀 더 유리하게 상상하고
깊은 마음 하나로
그대의 기다림을 하고
오직 소망을 이루기 위한
나의 사랑 하나를
내 마음 저쯤에 매어 두었네

장미와 나

무엇을 할 수 있는가
나는 쓰라린 고통을 안고
물이 든 동이에서 순식간에
물이 쏟아져 내리듯
나는 간결하게 몸단장을 한다

개울 건너 저편에
세상을 떠난 바람에
아름다운 자태로 바라다 본다

하늘 오름처럼 매달려 있는 장미는
한밤중에 모를 이 없이 두려워하는데
제 몸을 안고 슬피우는 나를 향하여
그 이름 장엄한 한송이 꽃 장미로
피어난다

우리는 곧
세상에 이름을 올리고
어떤 대가도 바라지 않으며
장미꽃 가시에 나를 묻고
운명을 받아들이고
큰 기둥이 쓰러져
또 한밤을 맞이한다

장미와 나는 잘 어울려 있는
한 줌의 어둠 속에서 머리를 깎고
서로를 완전히 잊으려 한다

4부

꽃비를 맞으며

꽃비를 맞으며

저 세상 밖에서 비를 맞으며
밤이 새도록 뒤엉켜버린
꿈을 꾸었다

산허리 즈음에 내가 있고
몹쓸 시간들은 나를 빼앗아간다

나는 어슴푸레 꽃비를 맞으며
한 구비 지난 강가 언덕 너머
서슬 퍼런 죽음의 계곡에
가로막혀서
이내 몸 붙들어 매인다

하는 수 없이 검푸른 하늘로
날아가 본다

나를 지탱하여준 두 날개는
어느새 저 멀리서 사뿐히
내려앉고
소스라치게 지난 과거 일에
목놓아 울어본다

아련한 새벽녘에
또 꽃비를 맞으며
나는 어찌어찌하여 숨을 고르고
이별을 한 꿈결에서
몇 날을 헤어난다

무제

내게 주어지지 않은
말을 할까요
나는 무엇을 할 수 있나요
무수히 흐를 세월 앞에
나의 고독은 말없이 옵니다

남을 행동하도록 하게 할
몇 계절이 지나가고
사려 깊지 않을 삶의 모습들이
애절하게 나를 붙잡습니다

아련한 나의 기억들은
효과적으로 체계화하여
몇 날을 스산한 날 속에
어떠한 생명이 담보되어 온
운명으로 처절하게
찢겨져 버립니다

산산이 버려진 나의 삶
잠재의식이 부를 나의 삶

흘러간 긴 세월 동안은
소망하는 바를 얻고서
거친 들녘의 풀 한 포기는
새 생명을 안고
이제는 곧 시들지 않음을
지나간 세월 앞에 서 있습니다

내 삶의 비밀

한 가지만 감추고 살으련다
한 가지만 묻어두고 가련다

서슬퍼런 내 삶의 방정식이
복잡하게 얽히어진 억만년의 비밀은
나의 작은 가슴 한편에 잠시
어쩌면 영원히 간직하리라

모진 삶이 두려우면
슬며시 눈을 감고
잠 속으로 숨어버리고
가슴 저민 일이 있을 때면
모든 걸 내려놓음이 있으리라

한갓 어설픈 나의 "삶"일지라도
지금까지 버티어 온 세월 앞에
묵상을 하고 겨울깨나
나를 잊을 만하면
내 삶의 비밀은
세상 밖으로 알려질 것을
두고두고 고대하여 본다

샛노란 마음

진저리나게 옛일들을
기억하여 본다

저 멀리 보이는 언덕 너머
나를 부르는 소리
수수한 바람결에
내 마음은 어수선하다

아무리 노력을 해도
몸서리쳐지게 안타까운
지나간 세월들
나는 다시 홀몸이 되었다

오오- 님이여
가을 들녘에 맞서서
그 겨울은 오는데
나를 버리고 간 님들은
어쩌면 어느 하늘 아래서
무던히도 샛노란 마음 하나
잊혀가리오

그 계절

화려한 날은 가고
생로병사와 같은
축제의 그 계절은
내 마음 한편에 온다

희로애락쯤이야
슬며시 떠나간 아름다운
시절은 언제든 오련만
두고두고 후회할
삶의 자락에서
내 평생 가져야 하는
어느 그 계절과
무언의 오랜 약속들이 있습니다

나를 잊으시고 가신 님
못다 한 이야기도 있겠지요

철이 지난 그 계절에
어디선가 내 몸의 전율이 되어
언제든 기억하리오

슬퍼도 슬퍼도
다시는 외롭지 않을
지난 그 계절이
한두 밤 새고 나면
또 내 사랑이 되어
오시겠지요

밤 하늘가에 띄우는 편지

울적한 마음
한 손에 쥐어진 고독
간밤에 서리가 내려앉은
들녘의 들꽃 한 송이
나 혼자가 아니어서 그 꽃을
바라보지 않으려
밤하늘에 띄우는 편지를
그려 본다
굴곡진 삶에 저 처량한
하늘가에 잠시 나를 보낸다
하마터면 통곡 소리 내어
울어버릴 것 같은
저 별을 보리라
그대에게 나를 보여주리라
아무것도 가질 게 없으니
그대 두 주머니에
바르게 손을 꽂고
나를 향한 분노는 고스란히
접어 접어
또 한 번 나를 배신하고
고이 접혀진
밤하늘에 띄우는 편지 한 장
그대들에게 보내보리라

달빛 그림자

여리디여린 내 마음
내 곁에 누구 없소

싸늘한 사람들의 눈빛
나 힘이 버거워
그들에게서 나 홀로
달빛 그림자를 상상하여 본다

목구멍까지 치밀어 오는 분노와
나의 살결에 붙여진 오만과
참으로 아쉬운 나날들은
누군가를 사모하고
누군가를 원망하여 봅니다

한 가닥 희망이 사라지던 날
나 스스로 달빛 그림자를
내 품에 안아본다

가시는 그대여
떠나신 그대여
나를 잊고 영원한 계절 속에
두고두고 임 마중 하시련지요

나의 기도

침묵의 어둠이 밀려가고
나 혼자 묵상의 기도를 한다

나는 몇 곱절의 죄를 안고
살아가니
그의 빛이 나는 소리로
나를 불러주오

행여 삶이 나를 고달프게 하여도
나 언제나 그 자리에서
오롯한 지난날들을 회상하며
넓고 질긴 하이얀 옷을 입으리라

어디선가 무언의 고백이 들려오면
차라리 나는 고개를 숙이고
나의 기도로 님을 맞으리라

먼발치서
오직, 침묵이 내게 와
나의 눈을 적시면
나는 자연의 힘을 빌어
다시금 기도를 하고
먼 훗날 아주 먼 훗날
두고두고 후회하지 않을
심성으로
나를 가두어 보리라

다락방의 소녀

더 많은 것
더 낮은 곳으로
복잡한 마음
헝클어지기 전에
슬픔을 다잡아 본다

우쭐한 삶이 왜 이리
힘들었을까

한밤을 겨우 보내고
다락방의 소녀를
기억하여본다

먼 후일에
나를 위한 그 소녀의
기도 소리 귓전에 와서
나를 바꾸고

고요한 그런 마음으로
같은 곳 바라보면서
다락방의 소녀는
어디를 걸어간다

가슴이 가득 차서
그저 나를 위해 서 있는
희끗한 다락방의
소녀이십니다

삶의 향기

잠에서 깨어난 어느 날
소소한 바람이 불어와
나를 안아 준다

한껏 부풀어 오른 꽃봉오리에
나의 얼굴 그려진다

수만 번 낯이 익은 세월 앞에
나의 고독은
서글픈 옛님으로 오신다

아슬아슬한 정의가
불타오른 삶의 향기는
나의 두 손에 쥐어지고
가녀린 발길은 무거운데
거듭거듭,
나의 삶이란
고스란히 그의 향기로
가리워진다

그 믿음의 뿌리

우리
진실해야 할 이유 하나
있습니다

내 신변에 어떠한 일이 있어도
청아한 아침을 맞이할
이유인 것입니다

반쪽의 사랑
순간에 무너진 기억들
그 믿음의 뿌리를 잊고
가슴을 저미며 살았습니다

간결하게 써내려 간
원고지 앞에서
나는 저주의 슬픈 삶을
버려야 하고
구차하게 일그러진 모습
나는,
귓불에 귀걸이 하나 매어
허튼 삶의 후회를
하지 않으렵니다

텅 빈 여름 하늘에

맑디맑은 이슬방울 하나
나의 가슴에 와 쌓인다

유순한 마음결에
이루지 못한 소원 하나 있고
몰래 숨어 온 그 이슬은
내 님의 숨결이 되었네

나 아직 준비되지 않은 마음과
텅 빈 여름 하늘가에
기대어 있을 그대

촘촘히 엮여진 세월 앞에
나는 지금 사려 깊지 못한
기다림의 노래를 하고 있네

아아-
작은 잎새 하나에도
눈물을 흘리고
쓰라린 고통과 연분홍 꽃잎을
사랑하기에

오오-
텅 빈 여름 하늘에
은빛 소원을
빌어 보기로 하였네

저, 쫌의 사람들

실오라기 하나 걸쳐 입고
떠나가신 님이여

복사꽃 그늘 아래서
유유히 사라진
그대 님이여
언제 오시려나요

하이얀 마음을 가지신
저, 쫌의 사람들
나는 무수히 그들에게서
외면을 당하고
나 홀로 길을 걸어갑니다

희뿌연 새벽의 아침
늘 그러하듯이
서툴은 의식 하나로
또 하나의 기적을 바라며
서서히 눈을 감고
이루지 못한 사랑을 포개어
몇몇의 그리움들을
기억하여 봅니다

아! 그리운 가을

하늘이 푸르러서
내 옷깃에 저문 세월

우수수 떨어지는
노란 낙엽 밟으며
나는
여인의 엷은 미소를
생각하여 본다

나뭇가지에 걸쳐진 님의 눈물
어디서 무얼 하고 계신지
아련한 샛바람에
가슴 저미어 오네

아! 그리운 가을
내 님은 갔어도
저 높은 하늘에는
구름과 바람과 별들이 있네
아직 피어나지 못한
슬픈 꽃이 있네

인생은

인생은
나 홀로 걷는 아침이다

아직 날이 밝지 않음도
서서히 걷히는 구름도
나의 무거운 발걸음에
고행의 삶을
짊어지고 가는 것이다

인생은
덧없는 세월의
막연한 이별곡이다

꽃바람이 불어오면
우리는
그 꽃을 사모하여 본다

밤새 내 삶이
어디를 헤매어도
내가 걸어가는 꿈에는
나의 어리석음과 고독과
험난한 인생의 꽃길과
늙어버린 한 장의 빛바랜
사진일 뿐이다

세월은 가는데

세월은 가는데
구름다리로 이어진 사랑 앞에
아름다운 호수가 있습니다

세월은 가는데
철 지난 꽃들은 시들고
바람막이 하나 없는
허허벌판에
나 홀로 서 있습니다

세월은 가는데
어느 때이고 바라볼 수 있는
그리운 세월들

그림자로 흘러간 그대는
나의 님이요
어설프게 지나간 세월은
그대 님이요

그 해 어느 날

나에게 사랑의 징표
하나 주신 님

안개꽃 한 아름으로
배웅을 하고
멀리 가신 님
축복을 하리오

가슴 찡한 헤어짐을
반나절 즈음에 후회를 하고
저쯤 어딘가에
님은 가시었네

그 해 어느 날
님은 떠나시었네

눈서리 맞아
못다 핀 꽃 한 송이
이제 그 꽃은
사랑을 잃어버렸네

그대

그대
무얼 하러 왔니

흩뿌려진 꽃잎에
두 손 벌려
그 꽃을 모은다

세기의 결혼식이 열리는
그대의 황홀함은
너무 아름답다

그대
사랑으로 오셨나요

어제 일도 잊어버리고
거친 들녘의 들꽃을
가지고 오셨나요

이름도 모를 그 꽃에
사랑과 이별 모두
새겨놓았네

멀어져 간 사랑

삶은 고달프고
그 삶이 흐트러져
눈물을 가리고
하염없이
세월만 흐르네

가늠할 수 없는
나의 미래가
태풍을 만난 듯
요동을 치고

그저
멀어져 간 사랑 하나에
내 몸 실어보네

하루에도 몇 번씩
늘어진 실버들 가지에
인생을 걸고

저만큼
멀어져 간 사랑
목 놓아 불러보네

기다림 나의 슬픔은

고독한 삼월의 봄볕이
내 곁에 온다

부질없이 기다려온 님들의 소식
몇만 번을 생각하고
또 수십 번을 내려놓아도
기다림, 나의 슬픔은
언제나 뚜렷이 내게로 온다

검붉은 하늘 한번 바라보면
모든 죄악을 잊을 것이라지만
어느새 그 바람에 나의 고독
나의 애환은 온데간데없다

돈의 의미

너 한 장 가질까
나 한 장 가질까
아니야
내가 너에게 줄게
아니다
내가 가지마
그럼 우리 똑같이
나누어 보자
언제…
덩그러니 놓여진
일만 원권 지폐 두 장
아!
차라리 우리 그 돈으로
술이나 사 먹을까
그래!
돈의 의미가 좋아
너무 좋아
한푼 두푼 모은 돈은
그렇게 우리 곁을
떠나고 말았네

바람에 실려 간 마음

나 오직
그대를 그리워하네
몇몇 밤을 지새웠네

하늘이 나를 아껴주고
나는 그 하늘에 포옹하듯
그대만을 그리워하네

달도 햇볕도 어디에서인지
나를 움직이고
성급한 나의 사랑으로
바람에 실려 간 마음 하나
외줄 타기를 하네

그대 오실 줄
나는 알았지만
나의 마음 곧 변하여
삶의 자락에 두 송이 꽃
알음알음 기억해 보네

어떤 날

한 아름의 꽃을
가슴에 안고
덩실덩실 춤을 추어요

기약 없이 님은 떠나고
오래전에 잊고 살았던
어떤 날에 나는
하늘 한번 바라다보고
엉겅퀴 피어날 즈음
나의 님은 소식도 없네

오! 아가씨, 열차를 타요

이휘 지음

발행처   도서출판 **청어**
발행인   이영철
영업   이동호
홍보   천성래
기획   남기환
편집   방세화
디자인   이수빈 | 김영은
제작이사 공병한
인쇄   두리터

등록   1999년 5월 3일
           (제321-3210000251001999000063호)

1판 1쇄 발행   2023년 2월 10일

주소   서울특별시 서초구 남부순환로 364길 8-15 동일빌딩 2층
대표전화 02-586-0477
팩시밀리 0303-0942-0478
홈페이지 www.chungeobook.com
E-mail   ppi20@hanmail.net
ISBN   979-11-6855-118-3(03810)